산책길에서 나를 만나다

산책길에서 나를 만나다

김순일 시집

인쇄일 | 2024년 12월 05일
발행일 | 2024년 12월 10일

지은이 | 김순일
펴낸이 | 김영빈
펴낸곳 | 도서출판 시아북(詩芽Book)

출판등록 | 2018년 3월 30일
주소 | 대전광역시 동구 선화로214번길 21(3F)
전화 | (042) 254-9966
팩스 | (042) 221-3545
E-mail | siab9966@daum.net

값 12,000원

ISBN 979-11-94392-20-0(03810)

산책길에서 나를 만나다

김순일 시집

산책길에서 나를 만나다

나의 시는 내가 살아온 길 위에 그려진 나의 자화상이다.

그 길이 봄바람 살랑대는 길일 수도 있고, 땡볕에 소금사막을 건너는 길일 수도 있고, 눈보라치는 벌판일 수도 있다.

실개천일 수도 있고 넓고 큰 강일 수도, 뱃길 험한 바다일 수도 있다.

그 길 위에 새겨진 그림이 나의 본모습이고, 또한 내가 이제까지 써온 시이기도 하다.

나는 누구인가,

나는 어떤 사람으로 어떻게 살아왔는가?

탑돌이 하는 여우가 늑대가 구렁이가…… 지난날의 내가 아니었을까?

더 놀라운 그림은 사람 탈을 쓰고 살아온 그 모습이 바로 나 아니었을까 하는 것이다.

참 나를 찾으러 간다는 스님 앞에 쓰레기처럼 쌓인 내 마음을 버리러 가고 또 가야만 하는 나를 어찌해야 하나.

요즈음은, 비가 오나 눈이 오나, 부춘산 산책을 하면서 만나는 풀이며 짐승 새소리 바람 소리 그리고 하늘을 보면서 나는 얼마나 떳떳하게 살아왔는가 생각하게 되었다.

홀로 행하고 게으르지 말며
비난과 칭찬에도 흔들리지 말라
소리에 놀라지 않는 사자처럼
그물에 걸리지 않는 바람처럼
진흙에 더럽히지 않는 연꽃처럼
무소의 뿔처럼 혼자서 가라

옥천암 앞마당에 걸어 놓은 부처님 말씀을 새기고 새기며 오늘도 산책을 한다.

2024년 11월 겨울을 맞으며

愚山 김 순 일

■ 차례

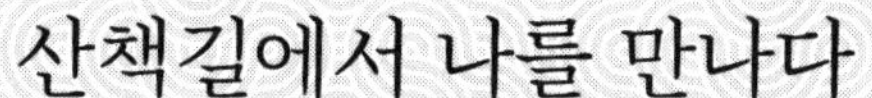

산책길에서 나를 만나다

산책길에서 1

나를 찾습니다.

수도사 부처 앞에 꿇어앉아 빌고 빌어도
내가 보이지 않습니다

서산장터나 광장의 군중 속에서는 그냥
묻히고 맙니다

욕망의 굴레 훌러덩 벗어버리고
거울 앞에 서서야 나를
만날 수 있었습니다

어디서나 나를 쉬이 알아볼 수 있는
가슴팍 여기저기 멍들고 깊이 패인
삶의 금맥 같은 그
흉터1

그게 나였습니다

산책길에서 2

옥천암 오르는 길에서
노스님을 만났습니다

"마음을 찾으러 갑니다"

나는
버리고 버려도
그림자처럼 따라붙는
쓰레기 같은 마음을
버리러 가는데,,,,,,

산책길에서 3

소나무는 곧게만 자란다고 생각했다

오늘 부춘산 소나무 숲에서 보았네
구부러지고 휘고 흉터 하나 없는
소나무는 한 그루도 없었네

그동안 반듯하게 잘 살았다고 믿었던
내 속이 뒤틀리고 벌레 먹고
내 삶의 조감도 같은 흉터 투성이

나를 보았네

산책길에서 4

위만 보고 빨리 빨리 살아왔다

이제 서두를 필요 없지
나이 든 몸이 제가 알아서
천천히 천천히 둘러보며 간다

풀도 보이고
나무도 보이고
개미들도 보이고
새들의 노래소리도 보이고
뜬구름이 흘러가는 곳도 보이고

나도 보인다

산책길에서 5

연꽃이 피었다

진흙펄 진창이 부처인가

산책길에서 6

바닷가 자갈밭에
크고 작은 돌탑들

돌 하나 하나 쌓으며
간절히 빌었을

나도 돌탑 하나 쌓았다
빌물에 와르르 무너진다

세파에 쉽게 쉽게 살아왔듯
돌탑을 쌓는 나의 기도가
간절하지 못했던가 보다

산책길에서 7

염소가 탑돌이를 하고 있다
여우가 탑돌이를 하고 있다
늑대가 탑돌이를 하고 있다
돼지가 탑돌이를 하고 있다
구렁이가 탑돌이를 하고 있다
개가 탑돌이를 하고 있다
호랑이가 탑돌이를 하고 있다

사람 탈을 쓴 나도
사람이 되게 해달라고
탑돌이를 하였다

산책길에서 8

이제, 가리고 꾸미고 숨기고 할
나이가 지나면서 그동안
탈을 쓰고 살아왔던
내가 보인다

무엇이든지 내 주머니부터 채우려고 하였던
높이 오르는 친구의 바짓가랑이를 잡고 흔들었던
상이 탐나서 경력까지도 바꿔 써넣었던
여자를 만나면 누이로 보지 않았던
부처나 예수를 잘 팔아먹었던

오늘도 홀로 걷는 산책길에서
하늘에 그려진
나를 들여다보며 간다

산책길에서 9

너럭바위에 앉아
멍때리기를 한다

벌 한 마리 날아와
내 몸 여기저기 흠 흠
냄새를 맡아 보다가
뒤도 돌아보지 않고 날아간다

멍때리기를 하며
비우고 비워도
지워지지 않는
나의 냄새는
어떤 구린내였을까

산책길에서 10

부춘산 황톳길을 걷는다

어릴 적 맨발로 걷던
고향 땅이다

발바닥에서
새들이 포롱포롱
나비가 팔랑팔랑
솔바람이 살랑살랑

발바닥의 심장이
호수처럼 잔잔하고

서광사 스님의 독경소리
푸른 하늘처럼 편안하다

산책길에서 11

해가 뜨면 해와 함께
달이 뜨면 달과 함께
바람이 불면 바람과 함께
눈비가 내리면 눈비와 함께

남보다 많이 채우려 하고
높높이 오르려 하고
수단 방법 가리지 않고 이기려 하던
나를 내려다보는

노송 한 그루
억지를 부리지 않는 삶이
늙을수록 황금빛이다

산책길에서 12

바위는
아예 입을 떼고 산다

사랑하고 미워하는 마음이 없으니
희로애락도 없다

부서져 모래가 될지언정
선과 악을 낳는
말을 하지 않는다

산책길에서 13

언제까지나 푸르기만 할 줄 알고
서로 태양의 품에 들겠다고
다투며 살던 나뭇잎들이
가을 서리 한 방에 풀이 죽어 있다가

그래
내가 가야 할 곳은
하늘이 아니라 저 아래 땅이지

오늘 화창한 봄날에
산에 오르며 보았다

지난 가을 고향 땅 찾아 내려온
나뭇잎들이 흙의 품에서
흙이 된 것을

산책길에서 14

시하고 너무 가까이 살 대고 살았나 보다
티격태격 싸움질하는 게 일상이었다

오늘을 시란 놈을 내쫓고
문이란 문은 꼭꼭 닫아걸었지만
어느 바람 속에 숨어 들어왔는지
잠자리까지 파고들어서 설친다

가슴살 아프게 아프게 낳은 새끼들 중에
반반한 놈 하나 없다는 걸
너도 알지 않느냐

그래. 알았다 알았어
너희들 병신자식이 집을 버리지 않고
나의 가슴이 되어 살고 있구나

산책길에서 15

오랜만에 시골길을 걷는다

사람이 없네
아이들은 말할 것도 없고
할매 할아베도 볼 수 없네

한참을 걸어 들어가는데
개 짖는 소리가 들리네

개들도 사람이 그리웠던 모양이야

그 흔하던 사람 다 어디로 가고
또랑에는 미꾸라지만 바글바글

들판 그득 누렇게 쏟아져 내리는
가을 햇살 같은
사람들 만나고 싶다

산책길에서 16

오솔길 그늘이 서늘하다
내 몸이 배시시 웃는다

그동안 살아오면서
빛만 쫓아다녔지
큰길만 찾아다녔지
고속으로 달리며 살아왔지

오늘 서늘한 오솔길을 걸으며
허깨비 같은 삶만 쫓아다녔던
나를 서늘하게 삭히네

산책길에서 17

제일 앞서 달리는 마라토너는
초조하고 불안하다

뭣이든지 앞서가려고 서두르며 살아온
초조 불안했던 나의 삶
많이도 외로웠지

이른 봄 철모르고 빨리 빨리
피었다가 얼어 죽은 개나리꽃이여

파란 하늘에 느릿느릿
노 저어 가는
낮달의 편안하게 비운

산책길에서 18

산에 오른다

길이 아닌 길로 가 본다

풀숲 둥지에 멧새알 다섯

찔레꽃 한 다발

저만치 앞에 고라니 한 마리

산에서 만나는 티 없는 웃음소리들

기쁨이 한아름

산책길에서 19

과수원 앞에서 손녀 아이가
씨 없는 포도가 먹고 싶다고 한다

씨 있는 포도가 맛있다고 하였더니
고집스럽게 아니라고 한다

요즈음 젊은이들
씨를 뿌리려고도 하지 않고
씨받이도 않겠다 한다

머지않아
배달아이가 사라질지도 모른다고
여기저기서 한숨이다

산책길에서 20

어린이집 노랑 병아리들이
봄나들이 나왔다

엄마닭 선생님닭이
더 많은 속에
보석 같은 아이들
고맙고 고맙다

마중 나온 봄 햇살이
병아리들의 발목에서
팔랑팔랑 노래하며 춤춘다

오늘 산책길엔
푸근한 웃음꽃이 피었다

산책길에서 21

흙처럼 부드럽고 순하던
마음의 오솔길도 단단해지고 있네

사는 집도 시멘트나 돌

오늘은 부춘산 황톳길을 산책하며
내 마음밭에 단단하게 박힌
말들의 돌멩이가
말랑말랑해지기를 비네

산발치 서광사 스님의 독경소리
사랑사랑 품고 가네

산책길에서 22

무지개 핀 가을 하늘 아래
늙은이들이 색동옷으로 차려입고
엉덩이 야들야들 흔들며
춤판을 벌이고 있네

이 나이 먹도록 이만하면 잘 살은 거지
히히해해 히히해해
한마당 춤판을 벌아고 있네

나도 그 속에 끼어들어
암. 이만하면 잘 살은 거고 말고

그래 그래
가을바람이 시원하게 지나가네

산책길에서 23

스님과 개 한 마리
함께 살고 있다

틈만 있으면
절 밖으로 나가려는 개와
나가지 못하게 잡아두려는
스님의 일상

부처님이 방긋이 웃고 있네

산책길에서 24

산발치에서 폐타이어처럼
살고 있는 하서방 내외

양지바른 곳에 앉아
호박씨를 까먹고 있네

아이들 자라면서
도회로 흘러 나가고

산처럼 푸르게 늙어가는 노부부
얼굴에 핀 주름꽃
고숩게 웃고 있네

산책길에서 25

달이 없네

정월대보름인데도
쟁반같이 둥근 달이 없네

때 없이
장마처럼 비만 내리고

달이 없네

동네엔 아이들이 없으니

동요도 없네

산책길에서 26

진달래가 아무리 예뻐도
흙으로 돌아간다

온산을 호령하던 사자도
흙으로 돌아간다

사기꾼 여우도
흙으로 돌아간다

부자도 가난뱅이도
칼자루를 쥔 자도

너의섬 삐뚤이 입들도
흙으로 돌아간다

햇살도 밤이 되면
흙의 품으로 돌아간다

내가 돌아가야 하는 곳은?

산책길에서 27

무르팍 성할 날 없이
매일 넘어지고 넘어지며 자랐지

다 자라서 나가 살 때쯤 되었을 때
어머니 아버지는
“사람부리 조심해라”
신신당부를 하셨지

조심 조심
사람부리 조심 조심하면서도
잘 넘어지는 나의 가슴은
상처 투성이

산책길에서 28

미수米壽쯤 되고 보니
눈도 침침해지고
귀도 어두워지고
금이 간 말소리

이제 내려놓지 않아도
제가 알아서 내려가고

비우려 하지 않아도
채울 게 없네

이제 보이네
허깨비로 살아왔던
내가 보이네

산책길에서 29

귀가 제가 알아서
문을 조금씩 닫아걸고 사네

눈이 제가 알아서
많은 것을 보지 않으려고 침침해지네

입도 제가 알아서
보고서도 다물고 있네

이제야
철이 드는가 보네

산책길에서 30

숲에 들어 풀밭에 앉아
푸멍때리기를 한다

가슴서부터 손발 끝까지
푸르러진다

그동안 나를 가로막았던
어둠까지도 푸르러진다

옥천암 독경 소리가
조금씩 푸르게 보이기 시작한다

산책길에서 31

며칠 전까지만 해도
볼이 탱탱하던 대추 처녀가

가을 서리 한 방에
쭈글쭈글 할매가 되었네

머지않아 속살까지 다
비우고 고향 땅으로 가야겠지

그래 그래
가는 세월 대포로도 막을 수 없지

산책길에서 32

옷이 헐렁해졌다

쫄바지를 입은
젊은 여자 앞에서
두 눈을 어디에 두어야
좋을지 몰라 하던

내 눈이
헐렁한 바지 앞에서
넉넉해지고
여유로워졌다

마음이 꽉 째는 사람을
만나는 날은 술자리도 편치 않다

산책길에서 33

숲이 나를
푸르게 품어 준다

모나게 살아온
삐죽삐죽 살아온
투덜투덜 살아온
불끈불끈 살아온
욕심욕심 살아온
씨불씨불 살아온
거짓거짓 살아온

숲이 나를
푸르게 품어 준다

산책길에서 34

우리 집 감나무가 담을 넘어왔다고

우리 집 개가 자기네 개밥을 다 먹었다고

우리 집 닭 우는 소리 때문에 새벽잠을 설쳤다고

대문을 쾅 쾅!
삿대질 때문에 아침 맛을 잃었는데

담이 없는 산책길
편안하다

산책길에서 35

바라만 보아도 맛있는
푸른 산

철 따라 맛이 다른
바람 소리

철 따라 피는 풀꽃들의
푸른 향내

산 식구들의 귀를 순하게 해주는
삼선암 스님 독경 소리

나는
어느 누구 한 사람에게라도
푸른 기쁨이 된 일이 있는지

산책길에서 36

상왕산 개심사 오르는 길에서
비구니 한 분 만났다

천상에서 내려왔나
너무 너무 ,,,,,,

나도 모르게
침이 꿀꺽

이 동물 근성을
어찌해야 하나

산책길에서 37

하루하루가 그럭저럭 간다

많이 가지려 하지 않고
배불리 먹으려 하지 않고
좋은 옷 입으려 하지 않고
화려한 집 탐하지 않고
칼자루 탐하지 않고

하려고 하지 않고 살으니
하루해가 그럭저럭
푸르게 간다

산책길에서 38

어떤 아픔이
파란 하늘의 가슴에
뭉개 뭉개 맺힌 걸까

멍든 가슴 속 풀어내는
천둥 번개

소나기 지나가고
편안해진 하늘의 가슴에서
파아란 손풍금 소리 울려 온다

나의 가슴을 울리는 노래 소리
시원하다

산책길에서 39

삼 대 아홉 식구
밥상머리에 앉았네

숟가락 부딪히는 소리
즐겁다

며느라기의 시원한 웃음소리 따라
웃음꽃이 피는

여기가
낙원

산책길에서 40

도깨비바늘이
나를 사랑했나 봐

바지가랭이에
찰싹 달라붙어
따라왔네

그래, 사랑은
몰래 해야 제맛이지

산책길에서 41

한창 시에 반해 미쳐 살 때는
먹고 자는 일도 잊은 채
꽃 속에 들어가 꽃의 가슴을 훔쳐 먹고
바위 속에 들어가 길을 내려고도 하였지만
시의 꼬리도 잡을 수 없었네

오늘 산에 오르면서
힐끗힐끗 뒤돌아보며 달아나기만 하던
그 시란 놈을 만났네

화살나무 가슴에서 봄처럼 피어나는
매발톱꽃 가슴에서 봄처럼 피어나는
할미꽃 쭈구렁 가슴에서 봄처럼 피어나는

시의 영혼을 만났네

산책길에서 42

지나가던 하루살이가 해해 웃는다
지나가던 굼뱅이가 흐흐 웃는다
지나가던 쥐며느리가 부글부글 웃는다
지나가던 파리가 멍하니 웃는다
내려다보던 하늘이 찡그리고 웃는다

온갖 구린내를 풍기는 짓거리들
개똥처럼 뭉개 놓고
민생을 법치를 정의를 씨부렁거리는
개주둥이들을 바라보며
푸른 산이 허허어 웃는다

산책길에서 43

나도 남의 돈으로 빚을 갚았으면
나도 거짓 서류로 아이들을 좋은 대학에 보냈으면
나도 법인카드로 친구들과 한 상 때려먹을 수 있었으면
나도 남의 땅에 아파트를 짓고 살았으면
나도 얼렁뚱땅 남의 좋은 시를 벳겨 먹고 살았으면

내 잘못 눈 딱 감고 정의를 말할 수 있었으면

내가 어떤 죄를 지어도
눈먼 사람들이 내 손을 잡아주는 곳에서
살았으면

나도 어떤 잘못도 부끄러워하지 않는
얼굴을 데리고 살았으면

산책길에서 44

두 눈박이가
외눈박이의 지팡이가 되어야 하는데

칼자루를 쥐게 되었다고
머리를 들이밀고 용쓰는
외눈박이들이
두 눈박이의 눈을 하나 뽑으려고 하네

오늘도
하늘엔 하루해가 지나가네

산책길에서 45

벚꽃길을 걷는다

꽃웃음 날리며 우루루 몰려들었던 사람들
봄비에 벚꽃이 지듯
다 어디론가 사라지고

사람살이가 어디 웃음꽃 날리는
꽃길만 있으랴

오늘 세상을 손아귀에 넣고
너의섬에 입성하였다고
희희낙락하는 저 웃음꽃들

하늘의 뜻을
알고 그러는지
모르고 그러는지,,,,,,

산책길에서 46

마음의 눈이 컴컴한 하루살이가
불구덩이 길로 달려가네

길이 아닌 길이면 어떤가
칼자루만 쥐면 되는 거지
얼굴색 하나 변함이 없는
사기, 거짓의 화신들

조금만 뒤돌아봐도
길이 아닌 길이 보일 터인데

토끼는 길이 아닌 길로
한 발작만 잘못 들어서도
무서워 두 눈 빨갛게 떨며 사는데

산책길에서 47

매미는 한 생을
노래하다 가는 걸까
울다 울다 가는 걸까

태어날 때
"응아!"
우렁차게 울고 나온

나는
노래하며 살아왔나
울며 울며 살아왔나

산책길에서 48

오늘도 반 집을 지고 왔다

대마를 잡았다고
속으로 빙긋이 웃는 순간

한쪽 귀퉁이에서 그만
삐끗!

잘된다고 생각할 때
나대지 말고

조심 조심!

산책길에서 49

먹고 사는 일서부터
아이들 공부하는 일까지
크고 작은 근심 걱정에
늘 매어 살고 있지

가난에 찌들고 주제꼴도 사나운
케냐의 트럭 운전기사가
기름이 떨어져서 차가 갈 수 없는데도
그냥 웃으며 오히려
걱정하는 나를 달래 주네

"하쿠나 마타타"

여유로운 웃음이
나를 편안하게 해주었네

* 하쿠나 마타타: 다 잘될 거야. 긍정적이고 여유로운 뜻의 케냐, 탄자니아, 우간다의 말

산책길에서 50

오늘은 즐금*이다
나이 먹은 친구들과 산책하는

몸이 말하는 대로
천천히 천천히 걷는다

말수는 줄었지만
생각은 넓고 너그럽다

급할 일도 없다
쉬엄 쉬엄 걷는다

점심과 곁들이는
소주 몇 잔

하루가 편안하고 즐겁다

* 즐금 : 즐거운 금요일

산책길에서 51

극한 더위보다 더 힘든
할 일이 없는 이 심심함

서재에서 장자를 가져와 읽어 본다

나의 젊음을 다스려 주었던
장자였는데
나이가 든 가슴에 뜨겁게
안기지 않는다

이미 많이 비우고
내려놓은 삶

그냥 더위와 함께 싸우며
땀을 흘리기로 하였다

산책길에서 52

갈림길이다
왼쪽으로 갈까
오른쪽으로 갈까

내가 선택한 길이 오늘
나와 함께 살게 될 터인데

토끼는 다니던 길로만 가다가
올무에 걸려 잡히게 되는데

내가 선택한 이 길이
나를 평생 옭아맬지도 모르는데

산책길에서 53

찔레꽃은 제 빛깔로 시를 쓴다
개불알풀꽃도 제 빛깔로 시를 쓴다
질경이꽃도 제 빛깔로 시를 쓴다

내가 평생 찾아 헤매는
내 시의 빛깔은?

나는 오늘도
내 시의 빛깔을 찾아
어두운 밤길을 간다

산책길에서 54

추욱 늘어져 내려오는 나를 보고
참새가 웃으라 한다

고달픈 세상
하 하 하
소리 내어 웃으며 살라 한다

노랑 황매화가 파랗게 웃는다
할미꽃도 허리 펴고 파랗게 웃는다

그래, 그래
하늘이 나를 내려다 보며
파랗게 웃는다

산책길에서 55

부춘산 옥녀봉 아래 모여 사는
서산 사람들 안녕을 빌어주는
새벽해가 떠 오른다

파아란 날이거나
구름 떼 떠도는 날이거나
하루를 건너야 할
나의 찬란한
눈물 한 방울 같은

새벽해가 떠 오른다

산책길에서 56

오늘도 극한 폭염이다
하늘도 바다도 지구촌 전체가
헉 헉 헉!

매미도 더위를 벗느라
시원시원하게 웃는다

나무도 풀도 파랗게 웃는다

바위도 파랗게 웃는다

옥천암 독경 소리도
파랗게 웃는다

그래,
다 마음탓이지

웃자!
파랗게 웃자

산책길에서 57

삶이 늘푸른 하늘일 수 없지

오늘도 무겁게 짓누르는
나를 짊어지고 부춘산에 오른다

한 바리 한 바리
삶을 내려 놓으면서
옥녀봉에 오른 나의 등에는
시원한 땀방울이 좋아 좋아 웃는다

무거운 짐
땀방울로 벗어 놓으니
하늘이 파랗게 웃으며 다가오네

산책길에서 58

오늘 아침에는
고기를 탐하다가
늙은 앞이가 부러졌다

살아오면서
욕심의 부리에 발목이 걸려
망친 적이 한두 번이
아니었지

산책길에서 59

잔소리를 제발 좀
하지 말라고 그런다

소나무 참나무 자식들이
산벚나무 산딸나무 며느리들이
진달래 철쭉 귀여운 손주들이

할아버지, 잔소리 좀 제발
그만하라고 그런다

알았다, 알았어

눈 떼고 귀 떼고 코도 떼고
입은 아예 닫고 살으니

온산 식구들이 푸르게 푸르게
허리를 편다

산책길에서 60

어릴 적 우리 동네 싸움쟁이
전챙이는 얼굴 반반한 날이 없었지

윗동네 전쟁광이
ICBM을 쏴대고,,,,,,

총을 좋아하는 자는
총으로 망한다는데

사시나무 너 지금 떨고 있니?

떨지 말고 힘을 길러!

산책길에서 61

자고 일어났는데도
술기운이 아직도 많이 남아
속이 쓰리고, 비틀 휘청

모든 걸 이기려고만 하며 살아왔다

이 나이에도 지지 않으려고
술대장이라는 말을 놓지 않으려고

암, 아무도 내 주량을 당할 수 없지
어깨를 으쓱! 돌아왔는데

비틀비틀 들어오는 나에게
아내가
제발 나이값 좀 하라 하였는데

아, 주책이여

산채길에서 62

오늘은 광복절

권력도 모르고
정치란 놈은 더더욱 모르는
시민들 두 손 잡고
"기부 마라톤"에 모여들고 있네

고사리손까지
코묻은 돈 보태는데

어떤 섬에 사는 어르신들은
어디 가서 입방아나 찧고 있는지
코빼기도 보이지 않네

삿대질이나 하며
갈라치기 사기질이나 하고 있지 않은지

이런 못된,,,,,,

산책길에서 63

욕망 열차가 달려간다

너의섬역에서 꾼들을 싣고

칙 칙 폭 폭

검은 연기 뿜어 하늘을 더럽히며

칙칙폭폭 달려간다

아직은 하늘이 파랗다

산책길에서 64

집고양이가 터엉 빈 집
현관에서 수문장을 하다가

학교에 간 막내를 기다리다가

막내의 신발을 물고 장난을 치다가

그늘을 찾아 낮잠을 즐기다가

하루해가 지루한 나도
낮잠이나 자다가

산책길에서 65

아, 바쁘다 바빠
만나는 사람마다
다 바쁘다고 한다

하늘엔 뜬구름 몇 점
세상 사람들의 삶의 모습도 들여다보다가
꽃길에서는 꽃웃음도 날리다가
시장바닥에서 너털너털 웃어재끼다가
너의섬 하늘에서 찡그리기도 하다가
어디론가 두둥실 떠가네

급히 급히 바람 따라 간
구름떼 흔적도 없네

산책길에서 66

장님 점쟁이가
산에서 내려오는 나를 보고
"개똥을 밟았구먼"

옥천암에서
쌓이고 쌓인 쓰레기 같은
마음을 다 버렸다며 내려오는
나에게서 아직도
개똥 냄새가……

그래, 내 마음
깨끗할 새 없지

산책길에서 67

순하던 고라니도
말꼬리가 달라졌네

토끼의 말꼬리도 달라졌네
고양이의 말꼬리도 달라졌네
닭의 말꼬리도 달라졌네

너의섬 동산에 사는
토박이 푸나무가 불안해 하네

산책길에서 68

훈훈하던 가슴이 하루아침에
욕쟁이가 되는 학교는
어디게

바른말만 하던 혀가 하루아침에
사기꾼이 되는 학교는
어디게

성실하고 똑똑하던 머리가 하루아침에
반편이 되는 학교는
어디게

부춘산에 사는 푸나무들이
저요! 저요!
손을 번쩍 쳐들고 일어선다

그래, 어디지?

산책길에서 69

하늘은 구름으로 말한다

갓난아이는 울음으로 말한다

새는 노래로 말한다

꽃은 빛과 향으로 말한다

부처는 미소로 말한다

나의 시는
무엇으로 노래하며 살고 있는지

산책길에서 70

산에 사는 나무들은
나이가 들수록
입은 닫아걸고 산다

귀는 크게 열고
햇빛 달빛 별빛
구름의 소리까지
귀담아들으며 산다

부춘산 푸나무들은
서광사 풍경소리
스님의 독경소리
귀담아들으며
파랗게 하루를 간다

산책길에서 71

하늘은 하늘의 말을 하고

땅은 땅의 말을 하고

산은 산의 말을 하고

바다는 바다의 말을 하고

부처는 부처의 말을 하고

사람인 나는?

산책길에서 72

수국꽃이 피었다

우리집은 붉은 꽃
아랫집은 푸른 꽃

토질 때문이라고 한다

나의 가슴에 피는 꽃은
하양일까 검정일까

아니면
겉은 하양 속은 검정?

산책길에서 73

죽음의 그림자와 가까이 지내던
그의 부음이 왔다

선대가 50대에 세상 손을 놨으니
자기도 오래 살지 못할 거라던
입버릇처럼 달고 다니던
그였는데

미수 가까이 살았으니

30여 년을 죽음의 그림자가
잘 데리고 놀다가 아주 가까이
손잡고 간 것일까

산책길에서 74

산에 사는 식구 중에는
독불장군이 없다

큰 나무들은
재롱둥이 작은 나무들의
그늘막이가 되고

덥거나 춥거나 서로 품고 살며
큰 산을 이룬다

서로 독을 품고
눈 화살을 쏘아대는
사람 사는 동네

나는 요즈음
너의섬 사람들을 스을슬
피해 다니며 살고 있다

산책길에서 75

산책길을 걷는 나의
발걸음이 비틀비틀
이런저런 생각으로 잠을 설친
탓이겠지

하늘에 나는 새들의
편안한 날개짓

노송 가지에 잠시 앉아
편안히 쉬고 있는 바람

옥천암 스님 독경소리
세상 근심 걱정
다 비우라 하는데

산책길에서 76

너럭바위에 앉아
바위처럼 생각을 멈추려 하였지만
뜬구름처럼 일었다 흩어지는

그려
근심 걱정이 없으면
사는 게 아니지

내 마음에 붙잡아 놓고
함께 살기로 하였다

마음이란 녀석이
좀 가벼워지네

산책길에서 77

삼십 년이나 되었다는
된장을 먹는다

온몸이 근질근질
새살이 돋고

가슴엔 가볍게
날개가 돋아난다

삶이 발효된 이들이
너의섬에 입성해야 하는데

설익고 설익은
뚜쟁이들이 모여들고 있으니

산책길에서 78

잡초를 뽑는다

지긋지긋
징글징글
웬수웬수

매일 뽑고 뽑아도
돌아서면 다시 또
나 여기 있다 일어서는

나는
누구의 잡초가 되지는 않았는지

산책길에서 79

썩 꺼져라

칼로 베어내고
쫓고 쫓아도
파리처럼 달라붙는
불의 부정 부패……

나도 자고 일어나면
두 눈 딱 감고
마음 속에 "부"자를
모시고 살면서

남의 탓을 앞장세울 일이 아니지

산책길에서 80

장미 봉오리도 꺾어 버리면 쓰레기가 된다

장미꽃도 버리면 쓰레기가 된다

장미 조화도 버리면 쓰레기가 된다

아름답거나 추하거나

사람이 만드는 것 모두

자람도 쓰레기가 된다

산책길에서 81

오래 산 느티나무

오래 산 소나무

오래 산 집

오래 산 깨소금단지

보물 보배다

오래 산 사람은?

산책길에서 82

매미까지 노송 가지에
찾아오지 않는다

늙은이 방에 찾아오지 않는
아이들처럼

세월은 흐른다는 것을
아는지 모르는지

낮에는 해와 함께 살고
밤에는 별과 함께 사는

그 맛을
부처나 알까

산책길에서 83

세상은 본래 단순하다

해가 뜨고 지는 것처럼
바닷물이 들어왔다 나가는 것처럼

나의 마음 속에
쉼 없이 피었다 슬어지는
빛깔처럼 복잡하지 않았지

이른 아침 까치가 울고 간다

산책길에서 84

너의섬으로 가라

입삐뚤이들은 모두
눈삐뚤이들은 모두
가슴삐뚤이들은 모두
너의섬으로 가라

폭우가 내리고
너의섬이 난파선이 되어
두웅둥 떠내려가
소금의 씨앗이 되도록

산책길에서 85

읽을 줄을 모른다
쓸 줄을 모른다
생각할 줄은 아는지

산에 사는 식구들은
해와 함께
별과 함께
바람과 함께
하루를 갈 뿐

나는
너무 많은 것을 읽었다
너무 많은 생각 속에 살았다
너무 많은 시를 쓰려고 하였다

들꽃의 향내 속에서
나의 냄새를 맡아본다

쓰고 쓰다

산책길에서 86

이 나이에 3박 5일
베트남에 다녀왔다

많은 시간을
기다리고 타고 걷고……

서여문*의 푸른 버팀목이 있어서
무릎도 팡팡했다

사람[人]

나는 누구의 버팀목이 되어 준
있었는지

산책길에서 87

베트남의 거리 가득 메우고
오토바이들이 달려간다

한 건의 사고 현장도
찾을 수 없었다

무질서 속의
질서

질서!
질서를 외치며 살아 온
나를 되돌아보았다

산책길에서 88

베트남 여행 중
택시 안에서
진성의 '보릿고개'를 듣는다

물로 배 채우던
어린 시절을 한참 뒤로하고
외국 여행까지 여유롭게 즐기다니

윗대 어른들의 바짝 마른
굽은 허리가
아프게 다가온다

산책길에서 89

사람이 달라지네

너의섬에 몸을 들여놓는 순간
입에서는 거품이 일고
눈은 멀고
귀까지 닫아거네

헛바람으로 부풀어 오른 어깨들의
휘두르는 칼날 앞에
한강물도 벌벌 떨고 있네

이 또한 지나가리니

산책길에서 90

비가 오는 날
노부부가 들깨모를 옮겨 심고 있다

그래야 들깨가 잘 연다고 한다

옹졸한 나의 마음도
옮겨 심으면 관대해질까

내일은
새 피를 받을
땅을 찾아가야겠다

산책길에서 91

개심사 청벚꽃을 보겠다고
오르고 내리는 사람들로
길이 막혔다

내가 한창 젊어 화려함만을 쫓을 때
나대는 욕심으로
마음길이 막힌 일이 많았지

꽃이 지고 개심사 오르는 길이
훤히 열리듯이

화려한 마음을 버리니
나의 길이 조금 열리기 시작하였네

산책길에서 92

꽃마차를 타고 누비는 동안은
세상이 다 내 손아귀에 있는 줄 알았지

내리막길을 만나기까지는
그리 오랜 시간이 걸리지 않았지

꽃마차의 동력이 다해
터벅터벅 맨몸으로 내려오면서
세상 삶이 호락호락하지 않다는 것을 알았지

그때서여
빈손으로 내려가는 내가 보였지

산책길에서 93

꽃이 피어도
비바람이 불어도
눈보라가 쳐도

산은
그냥 산

내가 왜 산이 되지 못하는지
알겠네

산책길에서 94

오늘도 너의섬이 불타고 있다

기름 같은 혀들이
활활 불타고 있다

산책길 아래 동네까지
빨간 경적소리

산에 오른다
푸른 바람 찾아

산책길에서 95

어지럽게 날아다니는 벌떼들
어느 한 마리 질서를 무너뜨리거니
서두르지 않고
집안으로 드나든다

평생을 빨리빨리
서두르며 살아온 나의 집에는
잘된 일들이 별로 없네

벌들처럼 부지런히
한 가지 일에
마음 바친 일 없이 살아왔구나

산책길에서 96

권력을 위하여

재물을 위하여

파당을 위하여

아니고

국민을 위하여

나라를 위하여

정의를 위하여

모두 제 할 일을
부지런히 일하는
벌처럼 살았으면

산책길에서 97

두더지는
땅굴을 파고
도둑질을 해먹는다

나는
어떤 거짓의 동굴을 파고
도둑질을 해먹으며 살았는지

산책길에서 98

부춘산 옥녀봉쯤이야
단숨에 올랐었는데

오늘도 쉬며 쉬며 올랐다

몸이 따라주지 않는다

세월은 못 속이지

산책길에서 99

모든 삶을 품어주고 산다

재목이 될 나무도
상처 많은 나무도

진달래도 이름 없는 풀꽃도

여우도 늑대도 구렁이도 호랑이도
모두 품어주며 사는

늘푸른 산

산책길에서 100

불 찾아 날아간다
하루살이가

무엇에 취해서
죽음 길도 두려워하지 않는 것일까

지금 내가 가고 있는 이 길은?